Cuentos de Leonardo

●

Autor que ostenta por su trayectoria la
DISTINCIÓN
Pluma de Plata

César I. Rodríguez Hueso

Cuentos de Leonardo

Cuentos de Leonardo
Primera edición, 2022

Edición, composición, y diseño interior:
Pedro Pablo Pérez Santiesteban

Imagen de cubierta y contracubierta:
Fotografías de Zady Castro García

Fotografías:
Cortesía de la familia:
Hueso Gómez-Morales

© César I. Rodríguez Hueso, 2022
Miami, Florida, EE.UU.

Este libro no podrá ser reproducido ni total, ni parcialmente.
Todos los derechos reservados por su autor.

«*Deja que mi alma sonría a través de mi corazón
y mi corazón sonría a través de mis ojos,
para poder esparcir sonrisas en corazones tristes*».

PARAMAHANSA YOGANANDA

Visitar de nuevo las historias de César es motivo de satisfacción para cualquier lector, porque él es capaz de transportarnos a su mundo, a sus vivencias que, quizás en ocasiones puede tener cierto paralelismo con nuestras vidas: ¿quién quizás no ha tenido una tía como Asunción, o un tío como Ramón?

En mi opinión, el éxito de Rodríguez Hueso es su modo de contar, de narrar, ese celo exquisito con el detalle que nos ubica en cada escena, y esa voz clara y precisa que sin tapujos nos lleva del drama a la sonrisa. Ese es un mérito que no todo escritor posee en su arsenal, y César hace gala de ello con maestría y dominio, usando la dosis exacta que lo ubica como un buen escritor.

Cuentos de Leonardo se suma sin lugar a dudas al éxito de sus libros anteriores. Disfruten de esta meritoria obra bajo la luz prometedora del día o en la mística sombra de la noche.

PEDRO PABLO PÉREZ SANTIESTEBAN
Periodista, poeta y escritor.

"*Si puedes recordarme, siempre estaré contigo*".
Isabel Allende

Aquí estoy nuevamente tentándolos a dar un paseo por mi memoria. De paso como regalo les he envuelto en papel de sonrisa la nave que los trasladará a través del tiempo.

Los que han viajado antes conmigo, saben de lo que estoy hablando y los que viajan por primera vez lo entenderán muy pronto. Esta nave se llama "Libro" Es sempiterna y aunque a mí se me gaste la cuerda, ella puede seguir viajando sola con ustedes. Tiene una capacidad infinita, habilitada para subir a bordo a todas las personas que lo deseen, incluyendo a los que no han nacido aún. Para eso he construido unos compartimentos individuales, utilizando fantasía e imaginación, en donde cada pasajero los puede acomodar a su gusto. Es hora de comenzar nuestro viaje. Les deseo que sonrían mucho, que tengan un viaje espectacular y que Dios los colme de bendiciones.

¡Oh!, discúlpenme. nuevamente se me ha olvidado presentarme. Mi nombre es Leonardo Soler de la Campa. Hijo de Josefa y Damián. Pero todos me conocen como:

Leonardo el de Josefa

Al fuego de la pasión, presente ha dicho el colchón

Hace unos meses recibimos la noticia que teníamos que irnos del apartamento que rentábamos y donde vivíamos hacía diez años, porque el dueño lo iba a vender. Comenzamos a recoger todo y se armó tremendo reguero de cajas, las concentramos en el cuarto más pequeño de la casa que estaba vacío, pues nuestra hija no lo habitaba porque se mudó con su esposo. En esos días recibí un mensaje de dos de mis sobrinos el cual decía:

—Hola tío, estamos en la frontera entre México y Estados Unidos, ya estamos del lado americano. Vamos a entregarnos a la migra y si nos sueltan te llamamos y te mantenemos al tanto. Envíanos tu dirección.

Aunque en ese momento no teníamos condiciones para enfrentar la situación, pues casi estábamos en la calle, a la familia nunca se le debe dar la espalda. Le contamos a nuestra hija lo sucedido y ella nos dijo:

—No se preocupen, yo voy a comprarles un colchón de aire y lo ponen en la sala para cuando lleguen mis primos.

Esos colchones son muy prácticos, cómodos y resistentes.

Sentí un gran alivio, pues era solo una cuestión de tiempo recibir el aviso para ir a recoger a mis sobrinos al aeropuerto.

Pasó el primer día y ya estaba inflado el colchón en la sala, en espera de nuestros huéspedes. Mi esposa y yo salimos bien temprano a trabajar como de costumbre. Nosotros tenemos un solo carro, yo la llevo a su trabajo y luego sigo para el mío. Al marcharnos, aquel colchón quedó solo y triste dentro de las paredes del apartamento, también nostálgicas, debido a nuestro inminente desalojo. En cuanto a mí, mientras trabajaba no podía dejar de pensar en aquel colchón.

Mi oficio consiste en hacer reparaciones de todo tipo. Electricidad, plomería, albañilería, aire acondicionado, pintura y muchos otros trabajos. Debido a esto, ando siempre con un cinto y unas cartucheras repletas de herramientas, Son casi como el sombrero de un mago, cada vez que me hace falta un destornillador u otra cosa, ahí lo encuentro. Pero mi problema es que, a pesar de estar un poco viejo, siempre estoy inventando cosas, cuando de alimentar la pasión se trata. Estrenar apasionadamente aquel colchón de aire antes que cayera en manos de mis sobrinos, no se me quitaba de la cabeza.

Casi siempre a mi regreso del trabajo, recojo a mi esposa que también termina su jornada y esta vez no fue diferente.

Al llegar a la casa, aquel colchón triste se llenó de júbilo al vernos. Aquellas paredes nostálgicas de por la mañana se habían transformado, estaban relucientes, y yo, macho alfa y creativo, inicié un improvisado cortejo amoroso al estilo de un *stripper*. Empujé a mi esposa hacia el colchón, quitándome el pullover, desabrochando y lanzando apasionadamente el cinto con las cartucheras de las herramientas. Ardía el fuego de la pasión, el ambiente era maravilloso y entre la emoción del cortejo escuché primeramente el sonido inconfundible de una exhalación de aire y unas fracciones de segundos después escuché la dulce voz de mi esposa que me decía:

— ¡Ay coño, ponchaste el colchón!

Efectivamente, al lanzar la cartuchera un destornillador le abrió un hueco al colchón y como si fuera poco, a los cinco minutos recibí una llamada de mis sobrinos diciéndome:

—Tío, buenas noticias, la migra nos soltó y llegamos a Miami esta madrugada, ve a buscarnos al aeropuerto.

Sin contarle nada a nuestra hija, que vive en el edificio de al lado. Salimos para la tienda urgentemente a comprar un nuevo colchón. Gracias a Dios se resolvió todo rápido y nadie se enteró.

Traje a los sobrinos esa madrugada y al otro día mi hija me llamó desde su trabajo para saber cómo estaban sus primos y me preguntó:

—¿Bueno y qué tal el colchón?

A lo que yo le respondí:

—¡Coño, está buenísimo, está buenísimo!

Crecí tanto de un tirón, que era corto el pantalón

Siempre he sentido gran atracción por visitar los museos. Me encanta la historia en general y sobre todo la de los mambises. Tía Juana y mamá me llevaron a muchos museos. Varias veces fuimos a visitar El Capitolio de La Habana (En tiempos de mi infancia estaba ubicado allí el Museo de Ciencias). También me llevaron al Palacio de los Capitanes Generales y a otros museos muy interesantes.

Cada vez que entraba en uno de esos lugares históricos me parecía que viajaba en la máquina del tiempo.

Al contemplar los objetos en exhibición, me sentía fascinado pensando:

Esta fue la espada personal de tal patriota

Este era el sombrero de fulano de tal.

Era algo así como un momento mágico.

En mi casa no teníamos mucho dinero, mamá nos cuidaba a mi hermano Humbe y a mí y solo papá trabajaba. Yo fui un niño que crecía muy rápido, por eso al ser flaco y larguirucho los pantalones me quedaban cortos y no había dinero para comprar pantalones nuevos.

Una vez tía Juana me llevó a la casa-museo de un gran patriota cubano. Yo estaba como hipnotizado en aquel lugar.

La casita era humilde, de dos plantas con una escalera del tiempo colonial. Recuerdo que iba vestido con la camisa blanca del uniforme del colegio puesta por fuera de un pantalón campana de laster azul, de aquellos que se usaban en los años setenta. La campana me daba por los tobillos, porque el pantalón me quedaba corto. Pero yo ni pensaba en eso. Vi todas las cosas del primer piso rápidamente, ya que estaba loco por subir la escalera colonial hecha de madera que llevaba al segundo piso. La miré emocionado desde abajo mientras pensaba:

Por esta escalera subieron cargado en brazos a este gran patriota cuando era bebé.

Me le adelanté a tía Juana y Comencé a subir aquellos peldaños, Aaahhh... Pero la felicidad nunca es completa, al subir el segundo escalón y escuchar el maravilloso crujir de aquella escalera patriótica, el pantalón, que me quedaba demasiado corto me pellizcó los huevos. Me detuve y traté de solucionar el problema halando la tela hacia adelante por la parte del tiro, entonces la parte de atrás del pantalón se me metió en el culo. Así se repitió el mismo problema cada dos escalones hasta llegar al segundo piso.

Tía Juana, que no podía llegar al segundo piso, porque yo estaba atravesado delante de ella arreglándome el pantalón, parecía un jugador de *football* moviéndose de un lado al otro y tratando de adelantarse, sin poder pasar. Hasta que me dijo:

—Chico acaba de subir la cabrona escalera que parece que tienes ladillas.

Tía Juana de regreso, llevaba un pollito preso

En Cuba había que ir desde que empezabas en la secundaria, cuarenta y cinco días a trabajar en el campo. Era obligatorio, a no ser que el alumno tuviera algún padecimiento que le impidiera asistir. A esto se le llamaba "La escuela al campo" y en el lenguaje popular, se le llamaba "De cara al campo". Los familiares iban a visitar a sus niños los domingos y les llevaban comida, porque allí se pasaba un hambre del carajo. Por lo general se alquilaban guaguas o camiones con asientos para hacer las visitas, pues quedaban bastante lejos los campamentos.

Cuando mi hermano Humbe estaba en séptimo grado, pudo librarse de ir a la escuela al campo, porque se había partido un brazo practicando judo. Pero cuando estaba en octavo grado, lo atraparon y tuvo que ir.

Los domingos lo iban a visitar, papá, mamá, tía Asunción o tía Juana. No siempre iban en el mismo viaje, ellos se turnaban. Le llevaban, comida enlatada, dulces y otras golosinas para aliviarle el hambre.

En una de esas visitas fue a verlo tía Juana sola, porque papá y mamá no pudieron ir. Tía fue en una guagua que habían alquilado e iba repleta con familiares de los otros alumnos. Compartieron ese día y la pasaron de lo mejor, pero a la hora de la despedida, mi hermano, le confió un secreto tía Juana diciéndole:

—Tía, me robé un pollito y lo tengo escondido en una caja de cartón. Necesito que te lo lleves para la casa.

Tía, con mucho misterio le respondió:

—Dámelo acá.

Humbe trajo la caja envuelta en una tela no muy grande y le entregó el pollito a tía.

Todo marchaba bien, pero tía Juana, para poder llevarse el pollo, lo tuvo que sacar de la caja y se lo puso, por dentro de su blusa, en la parte de la barriga. Ya una vez sentada en la guagua, emprendieron el viaje de regreso. Cabe aclarar que el pollito, no era recién nacido, aunque era pequeño estaba un poquito más grande que lo acostumbrado. En mala hora se robaron el pollo Humbe y su cómplice. Al poco tiempo de viaje, el pollo empezó a joder y se cagó en la barriga de tía Juana. Ella lo aguantaba con la mano y el pollito empezaba:

—Pío, pío

Los otros pasajeros (entre los que iban gente del barrio) la miraban y tía Juana se hacía la que estornudaba y tosía para embarajar. Pero ahí no terminó la agonía. Un carretón de caballos se le atravesó a la guagua provocando que el chofer metiera un frenazo. Tía Juana se fue pa'lante y soltó la mano con que aguantaba el pollito, para sujetarse. El pollo se soltó por dentro de la blusa, subió y se le metió entre las tetas a tía. Luego siguió escalando y sacó la cabeza por la parte de arriba de la blusa cerca del cuello. Ella trataba de empujarlo para abajo con el mentón intentando no levantar sospechas y aquel cabrón pollo volvía a gritar:

—Pío, pío.

La gente no paraba de mirarla. Unos seriamente y otros con cara de risa. Al fin llegaron a su destino y tía llevó el pollo para la casa.

Cuando terminaron los cuarenta y cinco días de la escuela al campo los muchachos regresaron a sus hogares.

Humbe fue a visitar a su novia que era hermana de un muchacho del mismo grupo que él y en cuanto ella lo vio, le dijo:

—Oye Humbe, mi mamá me contó que tu tía Juana se robó un pollo de la escuela al campo y lo trajo en la guagua.

Por chismoso y por mirón,
me echó fresco un pescozón

Tía Asunción tenía un refrigerador ancho, de color verde claro, marca Kelvinator que le había dejado mi prima Doris antes de irse para Miami.

Un día como de costumbre yo andaba jugando en su casa y tía estaba descongelando el refrigerador.

Muchacho al fin y curioso, mientras tía secaba el congelador con un paño, vi que había puesto las cosas que estaban dentro del frío, encima de la mesa. Pensé en comerme una de las cinco o seis albóndigas que tenía en un platico pequeño, pero antes, vi una tártara de hielo casi derretida, la cual tenía un papel largo con una lista escrita en él. Pudo más el chisme que el hambre y halé el papel para leerlo. Eran nombres. Encabezaban la lista Catalina y Aristónico (los chivatos del barrio) y la seguían una pila de vecinos, incluido el jefe del sector (jefe del puesto de la policía del barrio). Tía estaba de espaldas y no se había dado cuenta de que yo tenía la lista en la mano y en mala hora se me ocurrió decirle:

—Coño tía, tienes al barrio entero hecho durofrío.

Se viró, miró la lista en mi mano y al mismo tiempo en que me decía:

—El coño'e tu madre, chismoso. ¿Quién te mandó a tocar eso?

Me bajó un pescozón a la velocidad de un avión de guerra.

Yo anduve rápido y agaché la cabeza esquivando el golpe, pero me movió el pelo y me echó fresco en la oreja.

Salí corriendo disparado para la calle y tuve que esperar a que se le pasara la rabieta para poder entrar de nuevo a la casa. Aunque siempre vigilándola con mucha cautela por si acaso.

Cuco es un compañero nuestro de trabajo. Tiene sesenta y tres años y lleva mucho tiempo en ese empleo. Tiene mucha experiencia y es muy eficaz en su oficio. Pero en cuanto al uso del celular y la computadora no le acaba de coger la vuelta. Es una persona muy noble y siempre dispuesta a ayudar a los demás. En su vida personal es reservado y tímido. Aunque se sonríe conversando con nosotros y con los chistes que hacemos, es muy decente, respetuoso y también es solterón.

En mi trabajo tenemos organizada la labor de la siguiente forma: Nos dan unos carritos de golf para desplazarnos por el área y llevar los materiales que necesitamos. En cada carrito van dos trabajadores.

Cuco y yo trabajamos en el mismo carro.

Una vez, vino con mucha discreción a contarme que había conocido a una muchacha por Internet. Estaba de lo más contento, porque él tiene poca chispa y tiene mucha dificultad para conseguir pareja.

Yo me alegré por él y le pregunté:

—Bueno Cuco y... ¿dónde vive la muchacha?

A lo que él me respondió:

—Ella vive en Londres y no habla español, pero me mandó una solicitud de amistad.

Imagínense, nosotros vivimos en Miami. Me dio pena desalentarlo, pero le dije que me enseñara la página. El perfil del Facebook de la muchacha tenía una sola foto y un enlace para otra página.

Entonces le dije:

—Cuco, asere, ese es el enlace para una página porno.

Al principio desconfió de mí, pero después se dio cuenta que yo tenía razón.

Se demoró bastante tiempo en volverme a contar algo, pero el otro día recibió un mensaje por WhatsApp de una muchacha desconocida que decía:

— Hola mi vida, ¿cómo estás?

(Al menos a la muchacha nueva la entendía porque hablaba español).

Ya tú sabes, Cuco se volvió a enamorar, no pudo guardar el secreto y me enseñó el mensaje que acababa de recibir.

La muchacha era como de unos veinticinco años y muy bonita, a juzgar por la foto que tenía en su perfil. Esta vez estuve luchando para no desalentar a Cuco respecto a ese tipo de mensajes, porque se pone muy triste si le vas a la contraria, de todos modos, el tiempo es el que dice la última palabra.

Ese mismo día a la hora del almuerzo le volvió a escribir la muchacha, esta vez también le envió una imagen junto con el texto. Cuco, que es una persona íntegra se dio cuenta que la señal no mostró un amor sincero. La imagen era la foto de la mitad de una teta y el texto decía:

—Mi amor, si me pones una recarga al celular, te mando la teta entera.

Los principios de Cuco no le permitían acceder a semejante pedido, pero desde ese momento ya no fue la misma persona. Ahora se encontraba entre la espada y la pared o, mejor dicho, entre la teta y la recarga. O aceptaba los términos y condiciones de su amada o no vería nunca más el otro pedazo de la teta. Él, que se conocía aquel lugar de trabajo como la palma de su mano, al manejar el carro de golf tomaba la dirección equivocada, se notaba pensativo, dejó regado un taladro en el suelo de un local donde hizo unas reparaciones. Puso unos cuadros y usó unos tornillos demasiado largos que traspasaron la pared de lado a lado y así sucesivamente hasta que le dije:

—Mira Cuco, o le pones la recarga tú o se la pongo yo, pa que te acabe de mandar la teta entera, porque así no se puede trabajar asere.

Cuando yo era joven, trabajaba en un almacén de servicio en una base de camiones de transporte. Como era una empresa grande que distribuía mercancías por todo el país, tenía varias dependencias, como por ejemplo otros talleres de mecánica y chapistería. Yo frecuentaba todos estos lugares desde niño, mucho antes de ser trabajador de allí, debido a que mi papá era camionero y mi hermano también. Cuando me emplearon no me sentía como un trabajador normal, sino como parte de la familia. Claramente se iban incorporando tanto a la base, como a sus talleres, nuevos trabajadores a los cuales no conocía bien. Yo tampoco soy una persona de averiguar mucho, cuando me enteraba de algún chisme era porque me lo contaban sin yo preguntar. Por lo general al menos dos o tres veces al mes veía a las personas nuevas, porque al almacén todo el mundo iba a buscar los pedidos.

Una vez, en uno de los talleres de chapistería y pintura de la empresa entró a trabajar una muchacha con tremendo cuerpazo y lindísima. Ella trabajaba en el almacén del taller y quedaba lejos de la base. Pasaron algunos meses y siempre comentábamos sobre lo bonita que era la muchacha nueva, pero nada más. Entre los clientes que visitaban el almacén nuestro, había un muchacho pintor que trabajaba en el mismo taller que ella e iba a buscar los rollos de papel para empapelar los carros antes de pintarlos. Una vez se corrió la bola, que la muchacha se había ido para otro trabajo. Todos lamentábamos la pérdida de semejante monumento. Recuerdo que, como una semana después de la noticia, como de costumbre, vino el pintor a buscar un pedido de rollos de papel. Estábamos varios trabajadores conversando en la oficina del jefe de servicio y en cuanto vi llegar al muchacho del taller le dije:

—¿Asere, es verdad que la jevita del almacén de ustedes se fue para otro trabajo?

Él me respondió:

—Sí

Yo, sin perder tiempo y continuando con la conversación le dije:

—Coñooo... Tremenda jeva que perdieron estaba buenísima.

Entonces el pintor me respondió:

—La habrán perdido ustedes, porque ella es mi mujer. Yo la tengo en mi casa.

Después de haberla cagado de esa manera ni siquiera me dio por pedirle disculpas, lo único que atiné a responder fue:

— Aaaahhhh...

La rastra ya está parqueada y mi tía está enojada

Ruperto era el vecino de la casa que quedaba frente a la de tía Asunción. Él no estaba siempre en el barrio, porque trabajaba muchos días seguidos dando viajes nacionales igual que papá. Sin embargo, cuando llegaba, en vez de parquear la rastra de cuarenta y dos pies frente a su casa, la parqueaba en la calle, del lado de tía, tapándole la vista de la ventana de la sala y el portal.

Por supuesto que tía, con el genio que la caracterizaba no lo iba a permitir. Fue a ver a Ruperto y le dijo que tenía que parquear de su lado, a lo que él le respondió:

—Dame un chance Asunción, yo me voy rápido.

Tía accedió, pero Ruperto faltó a su palabra y se demoró varias horas en irse. Al percatarse de la demora, ya tía Asunción tenía las pilas cargadas nuevamente.

Pasaron dos o tres semanas. Un día, como a las seis de la tarde, llegó Ruperto y volvió a parquear la rastra frente a la casa de tía. Mi primo Pedrito estaba en el servicio militar obligatorio y tío Reinier estaba trabajando en el turno de la tarde a la noche, o sea, tía asunción estaba sola en la casa. Fue a ver a Ruperto y le dijo:

—Fíjate Ruperto, la otra vez me dijiste que ibas a quitar rápido la rastra del frente de mi casa, te demoraste una pila de horas y hoy te volviste a parquear ahí.

A lo que Ruperto le volvió a decir con una sonrisa:

—Dame un chance Asunción. El otro día me compliqué. Yo me voy pronto.

Tía le respondió:

—Más te vale.

Llegó la noche, luego la madrugada y la rastra seguía en el mismo lugar.

Tía Asunción buscó un uniforme de los del servicio militar de Pedrito, se lo puso (aunque no le cerraban los botones), se puso la gorra verde olivo y con una tijera y un cuchillo salió como un ninja en la madrugada y le ponchó tres gomas a la rastra de Ruperto.

Al otro día cuando Ruperto fue a irse y vio las gomas ponchadas, se armó el lío. Pero se jodió, porque él no podía llamar a la policía, pues no tenía permiso para dejar la rastra parqueada fuera de la base. Además, el camuflaje y la operación militar de tía dieron tan buen resultado, que por un lado Ruperto más nunca parqueó la rastra en ese lugar y por otro, un tiempo después, conversando con tía, Ruperto le confesó:

—Coño Asunción. Aquel día yo pensé que habías sido tú la que me ponchó las gomas de la rastra, pero Catalina, la vieja del comité estaba despierta esa madrugada y me dijo que fue un militar gordo con el uniforme todo desalineado el que las ponchó. Ella no pudo verle la cara desde su casa porque estaba muy oscuro. La verdad que no recuerdo tener ningún enemigo con esas características.

Tía Asunción haciéndose la sorprendida le respondió:

—Aaahhh, ¿No me digas? Mira pa eso tú.

Les quiero contar dos historias que parecen completamente distintas, pero después se unen en un mismo final.

En Cuba, está prohibido hacer apuestas y también lo están todos los juegos donde se mueva el dinero. Uno de los más perseguidos por la policía es el juego de la lotería, al cual allá, lo llaman: "La Bolita".

En casa desde pequeños nos enseñaban dos cosas: a tomar café, y a jugar la lotería. Aunque los niños no escribíamos los números en un papel, cualquier adulto de la familia nos decía muy animado:

— Dime un numerito.

Así seguían preguntándole a los demás y apuntando los números en unos papelitos pequeños.

Luego tía Juana era la encargada de llevar las listas y el dinero al banco, siempre con mucha cautela, porque a veces la policía hacía redadas y cargaba con todos los *boliteros*. Recuerdo que mamá tenía unas hojas llenas de cálculos con los posibles números que estaban al salir ganadores. (A veces se sacaba un premio y otras no), pero siempre que alguien de la familia se sacaba algún dinerito, les regalaba a los otros. Era costumbre que la gente que visitaba la casa también hablara sobre los números que habían salido premiados el día anterior e incluso haciendo referencia a ellos, pero a modo de código usando la charada china, en más de una ocasión escuché a mamá, tía Juana o a tía Asunción en plena calle gritarle a alguien:

—Oye fulana, Muerto chico con mariposa.

o gritar:

—Fulano, Muletas y pareja'e yeguas.

Una vez tío Ramón estaba en los carnavales en la cola de la cerveza y en Cuba había algunos chivatones que sin cobrar salario trabajaban como policías, tenían un uniforme verde y revolver. El pueblo los llamaba "Guarapitos", pero su nombre oficial era: "Auxiliares de la policía". Entre otras tareas los ponían a cuidar los carnavales y les daban unos cascos de color blanco. Debido a esto, la gente se refería a ellos en tiempos de carnavales como: "Cascos blancos".

Pues pasó un casco blanco empujando a la gente con un garrote y organizando la cola. Tío Ramón era un tipo que medía más de seis pies y era de constitución fuerte. En mala hora el chivatón lo tocó por el brazo con el garrote dándole dos golpes leves. Tío se viró y le metió un gaznatón al guardia, que cayó noqueado contra el asfalto, el casco se le salió de la cabeza rodando como a cinco metros y el garrote igual. Al momento aparecieron ocho guardias más, y aunque tío noqueó a tres de ellos, al fin lo esposaron y se lo llevaron preso. Estuvo encerrado tres días en el calabozo de la estación de policía. Después le pusieron una multa y lo soltaron, pero quedó pendiente a que lo citaran de nuevo a la unidad.

No recuerdo que edad yo tendría cuando sucedió eso, pero acababa de mudar los dientes de alante, quedándome solo los dos colmillos. Parecía un vampiro en miniatura. Escuché que alguien tocaba a la puerta y corrí para abrirla. Era un señor vestido de civil con un portafolios preguntando por mi tío. Yo le dije que él no estaba y rápidamente llegó a atenderlo tía Juana. El hombre le entregó un papel diciéndole:

—Esta es una citación oficial para el ciudadano Ramón de la Campa.

Antes que tía Juana pudiera decir algo, me paré frente al señor muy animado y con mi desdentada sonrisa de oreja a oreja, lo miré fijo a los ojos y le dije:

—Dime un numerito.

Tía Juana me agarró por el brazo y me dio un halón hacia atrás, diciéndome:

—Muchacho, dale a bañarte.

Ese día me tuve que bañar más temprano que nunca y me prohibieron jugar en la calle hasta el día siguiente.

Por celar tanto a su hombre, el barrio le cambió el nombre

Antes de casarse con tío Reinier, tía Asunción estuvo casada con Mario. Yo no lo conocí, pero mi familia contaba, que era un tipo muy familiar y agradable. Siempre estaba haciendo cuentos, era buen bailador y tenía muy buen carácter. Él cariñosamente la llamaba: "Prieta" y ella lo llamaba "Tito". Pero como nadie es perfecto, parece que Tito era un poco mentiroso y mujeriego. Él era el padre de mis primas Doris y Lola. Al principio todo marchaba perfectamente en el matrimonio.

Pasaron cuatro años y un día, una vecina se acercó a tía con un chisme venenoso y le dijo:

—Hola Asunción, ayer vi a Mario en el parque hablando con una muchacha. Lo saludé y me dijo que era su hermana.

(Tía Asunción sabía que Mario era hijo único).

Pero disimulando la rabia, le respondió a la chismosa:

—Ah, sí. Él fue ayer a ver a su hermana.

Ni siquiera peleó con Tito ese día. Solo comenzó a investigar y a seguirlo, hasta que tuvo la certeza de que realmente tenía una querida.

Bajo vigilancia extrema, ya conocía donde se veían Tito y la amante.

Un día, él llegó del trabajo y le dijo:

—Prieta, tengo que ir al velorio del abuelo de mi jefe. Como algo, me baño y salgo para allá. Voy a estar toda la noche en la funeraria, porque él es muy buena persona y tengo que cumplir.

Ella se hizo la que se había creído el cuento y cuando según sus cálculos llegó la hora propicia para la venganza. Abrió el *Chifforrobe* donde la familia guardaba un machete de guerra que había sido de mi bisabuelo, se puso una ropa cómoda para la batalla y salió a buscarlos.

Los vio desde lejos, muy románticos conversando en un banco del parque. Se fue acercando con cautela y cuando estaba a una distancia ideal para comenzar el ataque. Se quitó los zapatos para correr mejor y salió con el brazo hacia arriba, machete en mano a toda velocidad en dirección a ellos, gritando:

—Putaaaa, los voy a hacer picadillo a los dos.

Cuando Tito y la muchacha la vieron venir, salieron corriendo a toda velocidad, cruzaron una cerca y luego un río, hasta que despistaron a tía y pudieron escapar.

Tito le cogió tanto miedo a tía Asunción, que más nunca regresó. Ni siquiera a visitar a las niñas ni a recoger su ropa e incluso continuaban casados, porque no aparecía ni para divorciarse. Dos años después, cuando tío Reinier se hizo novio de ella y quisieron casarse, él tuvo que contratar un detective para encontrar a Tito y firmó el divorcio sin objeción alguna.

Sin embargo, después de aquella carga al machete, aunque la gente no se atrevía a decírselo directamente a ella, en el barrio la comenzaron a llamar:

"Asunción la mambisa".

Como no se espabilaba
tía Juana lo salvaba

De los hermanos de mamá, los que menos tiempo se llevaban, eran tío Ramón y tía Juana. Solo tenían un año de diferencia. Tío era mayor, sin embargo, la más espabilada durante la infancia era tía Juana.

Cuando era niña, solía andar con un pedazo de palo colgado en la cintura como si fuera policía. Así evitaba que algún niño más grande tratara de abusar de ellos. Al primer intento de abuso, tía Juana agarraba el palo y pobre del que no saliera corriendo.

En el barrio donde ellos vivían cuando eran niños, había un hombre muy huraño que armaba una mesa en la acera para vender viandas y especies.

A tía Juana le caía mal, porque era muy grosero. Entonces, mientras el hombre se distraía atendiendo algún cliente, tía le robaba cualquier cosa de la mesa, guardándolas en los bolsillos de su saya.

Como tío Ramón y ella siempre andaban juntos, él quiso hacer lo mismo y le pidió que lo enseñara a robarse las cosas de la mesa.

Ella le dijo:

—Es fácil, cuando se vire para atender algún cliente, te pones del lado contrario, coges lo que puedas y lo guardas en tus bolsillos.

Tío creyó que era muy fácil y en vez de esperar a que el hombre se virara a atender un cliente. Casi frente a él empezó a robarse unos ajíes y a guardarlos en sus bolsillos.

El señor enojado le dio un cocotazo y lo sujetó por la muñeca para después avisarle a la policía. Tía Juana que era astuta volteó la mesa con las viandas para ganar tiempo y distraer al hombre. Aprovechando el reguero que se armó en la acera, ambos salieron huyendo y se escaparon.

Si no comprendes mi inglés, puedo hablarte en japonés

Siempre he sido amante de las artes marciales y de la cultura oriental. Desde adolescente comencé a entrenarlas y todavía lo hago, más de tres horas diarias. Tuve la dicha de contar con la ayuda de grandes maestros. Desde mis primeros entrenamientos me volvía loco por aprender los nombres de las técnicas en japonés. Trataba de aprender a escribir en chino y en japonés e incluso recortaba las letras de las cajas comerciales de cartón, para practicar la caligrafía oriental. Años más tarde continué aprendiendo frases japonesas e incluso lemas completos. Mi senséi, si dominaba bastante el idioma e incluso había hospedado a maestros japoneses varios días en su casa. Yo tenía mis propios alumnos y les enseñaba las frases que había aprendido, así como a mi pequeña hija de unos tres o cuatro años en aquellos tiempos.

Cada cierto tiempo la federación de artes marciales hacía seminarios de superación para los profesores. Nos reuníamos en algún dojo o un salón deportivo y allí entrenábamos.

En cierta ocasión anunciaron la visita de dos grandes maestros japoneses de fama mundial. Todos estábamos muy emocionados, sobre todo yo. Estaba loco por soltarles en el primer chance que tuviera, aunque sea una o dos frases en japonés de las que había aprendido. Al terminar la clase, los maestros socializaron con nosotros, nos tomamos fotografías juntos y yo (Hablando mentalmente conmigo mismo) me dije: *Esta es mi oportunidad, les voy a hablar en japonés.*

Parado frente a ellos, incliné el torso con un respetuoso saludo marcial y comencé a hablarles.

Yo estaba algo nervioso y extrañado, porque veía que aquellos maestros me miraban fijamente y pellizcaban los ojitos aún más de lo rasgados que los tenían, pero sin decir nada y a pesar de ser unos maestros muy estrictos y serios, se miraron el uno al otro y sonrieron.

Al otro día le conté a mi senséi y él me respondió:

—No te preocupes ellos son muy reservados.

Pasaron varios años y ya en la actualidad, disfrutando de la tecnología moderna, un día llegó nuestra hija a visitarnos. Como ella es la que siempre nos trae lo último de los adelantos tecnológicos, me dijo:

—Mira papi, tú pones el traductor de Google, presionas el micrófono y te traduce lo que tú hables, al idioma que selecciones.

Enseguida recordé que yo hablaba un poco de japonés y le dije:

—¿A ver? Ponme ahí de japonés a español, que voy a decir una frase que le dije hace años en un seminario a mis maestros japoneses.

(Ustedes pensarán que es mentira lo de la traducción, pero es real).

La frase era una enseñanza acerca de que un guerrero debía entrenar su espíritu para poder progresar en la espada y en los entrenamientos.

Me preparé para hablar en japonés con mi mejor acento al estilo de las películas de samuráis. Le dije lleno de orgullo a mi hija, que tenía su dedo listo para apretar el micrófono:

—Ya, graba ya.

Terminé de hablar en japonés y acto seguido el traductor jugó su papel.

Para sorpresa mía y carcajadas de mi esposa y mi hija la traducción al español de mi frase decía:

"Se chingó ya china eva katana bajita, cai yo Cotorro va katana vaqui tonatiuh vaqui tornero".

Entonces comprendí, por qué años atrás aquellos maestros pellizcaban sus ojitos cuando yo hablaba, se miraban el uno al otro y sonreían.

Cuidado con la mirada
o la foto sale errada

Nenita, la esposa de mi primo Pedrito tiene los títulos de asistente médico y asistente de laboratorio. Ella estaba buscando empleo debido a que sufrió una caída, tuvo que operarse el brazo y hacer reposo. Gracias a Dios ya está recuperada completamente.

Hace como tres años, yo le resolví empleo a Pedrito en mi trabajo. Una vez, fue a nuestro trabajo, una guagua habilitada para sacar sangre, pidiendo que las personas donaran voluntariamente. Pedrito se les acercó, pero no como donante (Si él les tiene miedo a las inyecciones, imagínense a donar sangre), fue a preguntar si necesitaban trabajadores, con idea de resolverle trabajo Nenita.

La muchacha de la guagua era muy atenta, bonita y elegante. Enseguida le enseñó el sitio web donde debía aplicar para optar por el empleo, cuyo anuncio venía impreso en la misma guagua. Además, le dijo:

—Mira, tómale una foto a esta dirección que está en la pantalla de mi celular y dásela, para que tenga todos los datos de la compañía y le sea más fácil aplicar.

Pedrito tomó su celular, le tomó una foto al de la muchacha y lo guardó en su bolsillo.

Acto seguido llamó a Nenita para darle la buena noticia y le dijo:

—Chichi (Porque así es como le dice cariñosamente) te resolví trabajo sacando sangre, por la tarde te enseño donde tienes que aplicar.

Luego continuó trabajando. Cuando llegó a la casa, enseguida fue a enseñarle a Nenita la foto del sitio web.

Con ella delante abrió la galería de fotos y en vez de salir la foto de la página web (Para sorpresa de él y rabia de ella), salió una foto de las piernas de la muchacha. Parece que Pedrito, que es muy torpe en el mundo digital, le estaba mirando las piernas a la mujer y sin querer cuando tomó la foto viró el celular hacia donde tenía dirigida la vista. Como no revisó en ese momento, no se dio cuenta hasta que llegó a la casa.

Nenita se puso roja de la ira y le dijo:

—Eres un descarado, viejo sinvergüenza. Te debería de dar pena.

Mientras Pedrito le respondía:

—Pero Chichi, te juro que no sé lo que pasó, este celular tiene algún problema.

Esa noche, irremediablemente, Pedrito tuvo que dormir en el sofá.

Hubo un tiempo que fui miembro de una brigada constructora que se dedicaba a la edificación de iglesias. Nuestro grupo, no solo estaba formado por hermanos de la congregación. Se completaba la plantilla necesaria con trabajadores ajenos al templo, que también brindaban sus servicios.

También de gran ayuda para las obras y para nosotros, resultaba el apoyo de algunos hermanos del extranjero que iban en su tiempo de vacaciones, y no solamente brindaban su mano de obra, además nos traían herramientas, ayudaban económicamente y hasta nos regalaban sus ropas y zapatos, antes de marcharse. Estos hermanos hacían una labor espectacular, eran muy decentes y agradables.

Una vez estaba uno de los hermanos americanos (La mayoría de ellos no hablaba español) subido en un andamio y tenía puesta una gorra de béisbol de color rojo. Por supuesto, las ropas, gorras y zapatos que ellos utilizaban para trabajar en la construcción eran mejores que las que teníamos nosotros para salir a pasear los fines de semana.

Un señor de los que brindaba sus servicios en la brigada le dijo a otro:

—¿Oye? ¿Viste que bonita está la gorra que tiene el yuma que está en el andamio?

—Se la voy a pedir, pero él no entiende nada de español, no sé cómo se dice en inglés: Mi hermanito, regálame la gorra.

El otro que era un jodedor, le respondió:

—No te preocupes, yo hablo un poco de inglés, ahora mismo te enseño como se dice, lo repasas y resuelto el problema.

—Agradecido asere —respondió el inocente—, verdad que el que tiene amigos tiene un central, a ver enséñame cómo se dice.

Y el otro le dijo:

— Es fácil, solo ve y dile: *Hey you. Fuck you.* Pero díselo en voz alta, que ellos son de otra cultura y les gusta que les hablen bien alto.

Entonces el otro le respondió:

—Coño, el inglés es más fácil de lo que yo pensaba. Gracias mi socio y deséame suerte.

Salió disparado en dirección al andamio donde estaba trabajando el americano, el cual, al verlo acercarse, sonrió amablemente y haciéndole un gesto de saludo con la mano, le dijo:

—*Hi, hi...*

A lo que el señor le respondió seguro de su inglés recién aprendido y dispuesto a conseguir su gorra:

—*¡Hey you! ¡Fuck you, Fuck you!*

El americano en vez de darle la gorra lo miraba, se ponía colorado como un tomate y muy serio, abría los ojos que parecía que se les iban a salir de las órbitas, después de

repetir varios *fuck you* en voz alta un hermano de la iglesia
que lo escuchó le dijo:

—Oye, oye: ¿Qué estás haciendo?

Y él le respondió:

—Pidiéndole la gorrita.

Entonces el hermano, le dijo:

—No, no. Lo que estás diciendo es una mala palabra.

De vuelta a su lugar de trabajo, el otro le preguntó:

—¿Qué bolá? ¿Resolviste la gorra?

A lo que él le respondió:

—Vete pal carajo.

Si tu conducta se altera, evita la borrachera

En la base de transporte donde trabajé, estuve un tiempo cubriendo como custodio. Era un espacio muy grande donde estaban el comedor, las oficinas y el parqueo de los camiones. Éramos cinco personas por cada turno. Trabajábamos veinticuatro horas seguidas y luego descansábamos setenta y dos horas.

Aquel lugar era bastante tranquilo, pues cuando se iban los trabajadores de las oficinas, incluyendo los jefes, nos quedábamos nosotros solos. Yo aprovechaba por las tardes, me cambiaba la ropa y me ponía a entrenar artes marciales. Con nosotros trabajaba un señor bastante mayor, llamado Gonzalo, que había sido camionero, pero ya sobrepasaba la edad de la jubilación y por problemas de salud lo habían puesto allí. A pesar de su edad, Gonzalo se había enamorado de Anita. (Una señora del grupo, más joven que él. Ella tenía cincuenta y cinco años). Felizmente cuadraron y hasta se fueron a vivir juntos.

Una vez, hubo una fiesta en la empresa y en el comedor, además del almuerzo prepararon bebidas alcohólicas. Por supuesto a nosotros no nos permitían beber, pues debíamos quedarnos trabajando hasta el otro día.

Gonzalo, comenzó a ir escondido por la parte de atrás de la cocina y el cocinero, que era amigo de nosotros le entregaba un vasito plástico con ron. Cada vez que se le acábaba, se repetía lo mismo. (Ya Gonzalo se había metido unos cuantos cañangazos).

Se acabó la fiesta, todos se fueron para sus casas y solo quedamos nosotros de guardia. Como yo no bebo, me cambié la ropa y como de costumbre comencé a entrenar.

Todo marchaba bien, hasta que de pronto, veo que pasa Gonzalo trotando por mi lado y trataba de hacer unas cuclillas, pero solo se flexionaba un poquito, luego movía los brazos descoordinadamente de un lado a otro como ejercitándose. Estaba colorado como un tomate y casi no podía respirar. Traté de calmarlo y no me hacía caso, parece que se le subió el alcohol para la cabeza y le dio por entrenar para hacerle payasadas a Anita.

Mientras más le decía.

—Descanse Gonzalo que le puede hacer daño.

Más trotaba de un lado al otro y me respondía

—Déjame, yo estoy bien, tengo que entrenar.

Llamé a Anita para que me ayudara a controlarlo y fue peor el remedio que la enfermedad.

En cuanto Anita llegó me dijo:

—Déjame a mí, que yo sé lo que tiene Gonzalo. Vuelvo enseguida.

En pocos segundos regresó con una pila de gajos en la mano, de no sé qué mata, y empezó a darle gajazos a Gonzalo, diciendo:

—A este se le montó un muerto.

Gonzalo perdió los deseos de entrenar, pero se movía cada vez más rápido huyéndole a Anita y cubriéndose con las manos los gajazos. cada vez que recibía uno gritaba:

—Huufff, Huufff...

Mientras Anita cada vez le daba más duro con el gajo, diciendo:

—Sia Caráj, sia caraj. Suéltalo, coño, suéltalo.

Desde pequeño cazaba y de adulto continuaba

Mi esposa y yo, cada vez que tenemos un chance alquilamos un fin de semana en algún hotel y nos vamos de paseo. Hace dos meses estuvimos en uno de la playa que, por cierto, no era muy barato.

Sacamos la reservación por Internet y el día indicado fuimos.

Llegamos a la habitación de nuestras acostumbradas lunas de miel y de pronto sentimos unas voces afuera y el sonido de la cerradura cuando se abre la puerta. Armamos un zafarrancho de combate y resulta que la recepción del hotel, por error le había rentado la misma habitación a otra familia. después de contactar con ellos solucionaron el problema y para refrescar decidimos ir un rato a la piscina.

El hotel tenía dos piscinas, pero una de ellas estaba en reparación. Para poder entrar a la que quedaba funcionando, había un quiosco donde chequeaban los nombres, para ver si éramos huéspedes. Pues resulta que tampoco nos encontraban en la lista. Tuvieron que llamar a la recepción, los cuales no lo habían actualizado. Al llegar de regreso a nuestra habitación y entrar a bañarnos, advertimos que faltaba la secadora de pelo. Otra vez llamamos, trajeron una secadora y se disculparon. Al final del día, pese a todas las adversidades después nos estabilizamos y la pasamos bien, aunque mi esposa no olvidaba el mal servicio que hubo y a cada rato, cuando más feliz estaba, sin venir al caso me decía de pronto:

—Lo careros que son y la mierda de servicio que tienen.

Cuando yo era niño acostumbraba a cazar insectos. A mi casa entraban alacranes, arañas peludas, cien pies y muchos otros animalitos con los que solía jugar. Con los ratones y las cucarachas no jugaba, porque eran parte de la fauna peligrosa del hogar y me enseñaron a destruirlos desde que era pequeño.

Bueno, volviendo al tema que les estaba contando sobre el hotel. Al terminar nuestra estancia allí, recogimos nuestras pertenencias y cuando estábamos listos para entregar la habitación, escuché la dulce voz de mi amada esposa, mientras señalaba con su delicada mano hacia la pata de la cama, diciendo:

—¡Mira una cucaracha! ¡Mira una cucaracha!

Mi respuesta no se hizo esperar. Ante el pánico de mi hembra, yo, un experimentado cazador y macho alfa, descendiente de cazadores de mamuts y tigres diente de sable. En menos de un segundo le metí un pisotón que hice mierda a la cucaracha. La desintegré de tal manera que al lado de la cama solo quedó la mitad de una de las antenitas. Sonreí victorioso y miré con orgullo a mi esposa esperando su halago. Pero las damas son difíciles de comprender. Ella me miró y me dijo a modo de regaño:

—Coño la desbarataste, ¿por qué hiciste eso?

A lo que yo le respondí confundido:

—Claro que la maté, ¿acaso la querías adoptar como mascota?

Y ella me respondió:

—No, pero iba a retratarla y a demandar a estos hijo'eputas por el mal servicio que tienen.

Tío Ramón trabajó un tiempo como acomodador en un cine. Él tenía un carné que acreditaba su puesto de trabajo y con solo mostrarlo podía entrar sin pagar a cualquier cine, e incluso acompañado de alguien.

Él nos prestaba a Humbe y a mí su carné, para que viéramos películas gratis. Esto sucedía con bastante frecuencia, porque tío Ramón era tremendo tacaño para regalar o prestar su dinero, pero hay que reconocerle el mérito, que para regalar las cosas que se robaba de los trabajos que tuvo, era una persona muy bondadosa. (Era algo así como el Robin Hood de la familia).

Un día cuando yo tenía como quince años, iba en la guagua y al lado mío había una clase de mulatona durísima. Comencé a enamorarla con un piropo tras otro y después de pasarme casi todo el viaje en eso, se me ocurrió decirle:

—Mami, dime donde tú vives pa ir a pedirle tu mano a tu papá.

La muchacha me miró y muerta de la risa me dijo:

—No hace falta, míralo ahí, al lado tuyo.

Yo iba tan concentrado piropeándola que no lo había visto y cuando miré para donde ella me señaló no sabía si escaparme por la ventanilla o cagarme del susto allí mismo. La cabeza del tipo casi tropezaba con el techo de la guagua y pesaba como trescientas libras. Me miró con el rostro muy serio. Yo también lo miré, tragando en seco y en silencio mientras pensaba:

—Pal carajo, en qué clase de lío me he metido.

El temible suegro después de mirarme serio como cinco segundos (que a mí me parecieron cinco horas) se echó a reír a carcajadas y me dijo:

—Te salvaste porque la has venido piropeando todo el viaje, pero respetuosamente. Me caes bien.

Coño, que alivio sentí cuando el gigante dijo eso, pero de todos modos las ganas de cagar no se me quitaban.

Luego se volteó para donde estaba su hija y le dijo sonriendo:

—Con todo lo que ha luchado el pobre muchacho durante todo el viaje, si no le dices que sí tú, le digo que sí yo, ja, ja, ja.

En ese momento me acordé de que llevaba el carné del cine de tío Ramón y los invité a ver una película gratis. Después ellos se fueron para su casa y yo para la mía y decidí no abusar de mi buena suerte. Me desaparecí para siempre porque no conviene tener un suegro gigante. Eso es muy peligroso.

Me cuidaba tía Asunción, de un tirón a otro tirón

Tía Asunción, me quería mucho. Periódicamente mamá me llevaba a su casa y ella me cuidaba. Era muy buena conmigo, y si tenía que ir a la bodega o a otro lugar me llevaba con ella. Como me protegía tanto, me sujetaba muy fuerte por la muñeca para que no me escapara corriendo y así evitar que me fuese a atropellar algún carro. Ella tenía un buen corazón, pero también un genio del carajo y no había quien se soltara de su agarre.

Fue como una abuelita para mí, pues desde que nací ya era un poco vieja, pero eso no disminuía su carácter ni el tremendo genio de siempre. Tal era así, que cuando era estudiante, estando en su escuela primaria se puso a conversar en clases con una amiguita y un maestro le lanzó el borrador. Tía Asunción lo capturó en el aire y se lo lanzó de vuelta al maestro provocándole un chichón. Se buscó tremendo lío tanto en la escuela como en la casa. Así era ella siempre. A cada rato sacaba bronca con alguien del barrio. Yo fui testigo de muchas de sus batallas. A veces pensaba, que cuando creciera iba a tener un brazo más largo que el otro, ahora les voy a explicar por qué y les voy a contar una de esas historias.

Cada vez que tía discutía con alguien y coincidía que andaba por la calle conmigo. Como me sujetaba con una mano, con la otra gesticulaba al compás de las ofensas que le dijera a su enemigo.

Yo trataba de calmarla halando hacia atrás con mi brazo y ella sin soltarme daba un paso hacia adelante dándome sin querer un tirón del brazo.

Una vez por la década de los setenta, el gobierno puso una ley que impedía baldear los portales y las aceras excepto uno o dos días a la semana.

Tía Asunción era muy limpia y baldeó su portal un día de los prohibidos. A los pocos minutos pasó un teniente de la policía que era jefe del sector donde ella vivía y la multó por violar la ley.

Al otro día estaba conmigo en la bodega y una vecina le contó, que el policía vino, porque Catalina, la chivata del CDR. (Comité de Defensa de la Revolución) la había echado pa'alante con el teniente. Muchacho, aquello fue como si le hubieran untado ají picante en el culo.

Dejó los mandados en el mostrador de la bodega y salió como una flecha conmigo de la mano dándome un tirón del brazo (aunque no intencional). Pero yo que era flacundengo, cada vez que me halaba, salía disparao detrás de ella. Se paró debajo del balcón de la chivata que vivía en un segundo piso y comenzó a gritar:

—Catalina, hija'eputa, baja chivatona que te voy a arrastrar por los cuatro pelos que te quedan.

(Catalina era una señora contemporánea con tía Asunción, pero un poco más corpulenta y alta que ella).

Eso sí, tía no soltaba mi muñeca de ningún modo.

Catalina, se asomó al balcón y le respondía, pero no bajaba porque le tenía miedo a tía.

La respuesta de ella fue:

—Tú sabes que hay que cumplir la ley. Todos debemos cooperar con la revolución.

Tía, cada vez se enojaba más. Se ponía roja y le decía:

—Pero baja hija'eputa, ven y dímelo aquí, yo lo que me cago en el coño'e tu madre.

Yo, tendría como cinco o seis años cuando aquello. Por una parte, tenía miedo de que la otra vieja llamara a la policía y se la llevaran presa a tía y por la otra pensaba:

Tú verás que, si estas dos viejas se fajan a golpes, yo voy a quedar en medio de la bronca y me van a aplastar.

Trataba de halar hacia atrás a tía y para más tensión, cada vez que tía Asunción le gritaba una grosería a la chivata, daba un saltico hacia el frente como un esgrimista y atrás salía yo disparao pa'lante.

Felizmente todo terminó, porque la chivata se asustó, dejó de discutir, se fue del balcón y se encerró en su casa.

Entonces tía protestó un ratico más, luego se aburrió y se fue.

Milagrosamente, llegué a adulto con los dos brazos del mismo largo.

Hubiese sido mejor no cometer el error

He trabajado durante mi vida en muchos oficios desde que tenía diecisiete años. Por lo general he durado algunos años en cada uno de ellos y casi siempre que he cambiado de trabajo, ha sido para mejorar, ya sea en salario o en cercanía. Pero no hay regla sin excepción. Por eso quiero hacerles la historia del trabajo que menos me duró.

Una vez la compañía donde trabajaba hacía diez años, quebró. Yo ganaba buen salario allí y había logrado una estabilidad económica, pero bueno, como dice el dicho: Lo que remedio no tiene, olvidarlo es lo mejor. Fui a ver unos amigos, junto con un socio llamado Julito que también estaba igual que yo, para ver si nos resolvían algún empleo. Ellos nos recomendaron una compañía de construcción donde necesitaban trabajadores.

Fuimos a una oficina donde debían hacernos el contrato. El tipo que nos atendió nunca sonreía. Estaba vestido con un traje negro y una corbata. Era una persona de ceño fruncido, cara alargada y aunque era muy profesional no lucía muy bondadoso. Primero pasé yo a la entrevista y cuando terminé, pasó Julito. Nos pidió muchos datos, nos hizo algunas preguntas y después de todo eso, ni siquiera nos dijo cuánto iba a pagarnos. Al final de la entrevista me dijo:

—Gracias por su tiempo. Nosotros le avisaremos por correo electrónico o por su celular, cuando tengamos una respuesta sobre su contratación.

Me imagino la cara que yo tendría en ese momento. Lo que necesitaba era comenzar a trabajar cuanto antes y esa gente demorándose por gusto con tanto burocratismo preguntando mierdas y dándole de largo al asunto.

Como a la semana, nos enviaron un mensaje por correo electrónico y otro por texto al celular. Mi socio Julito y yo, habíamos sido aceptados para trabajar con ellos. Primero vi la noticia en el celular, porque no había abierto el correo. La sorpresa fue, cuando llegué a la parte del pago que era a $13.75 la hora. Sin perder tiempo, le escribí un mensaje de texto a Julito diciéndole:

—Que bolá Julito, ¿leíste el mensaje de la compañía constructora? Nos quieren pagar a 13,75 la hora. ¿Pero qué se piensa, el comemierda cara'e caballo este?

Julito nunca respondió mi mensaje. Pero al momento recibí otro texto de la compañía diciéndome:

—Mr. Leonardo, olvide el mensaje anterior. No se moleste en venir. Ya no será contratado por nuestra compañía. Que tenga un excelente día y mejor suerte para la próxima.

Saludos: El cara de caballo.

Entonces me di cuenta de que la había cagado. Le mandé el mensaje al tipo de la compañía en vez de a Julito.

Por el amor al helado, el viaje se ha complicado

Mi prima Mary tiene una amiga de toda la vida. Ella se llama Caridad, pero desde niña todos le dicen Cuquita. Es una persona demasiado tímida, nunca alza la voz, y cuando se pone nerviosa mucho menos. Ella es todo lo contrario de Mary, sin embargo, se llevan muy bien.

Resulta, que un día andaban de paseo, vieron una heladería, entraron y pidieron sus helados. Cuquita se tomó seis bolas de helado de chocolate. (Estaba tan entusiasmada que olvidó que el chocolate le daba diarrea). Al salir de la heladería, hicieron una larga cola para ir sentadas en la guagua. Subieron y como tres paradas después, Cuquita comenzó a sentir unos ruidos extraños en su estómago. No le dijo nada a Mary, porque quería llegar al final del viaje, pero comenzó a sudar frío y según narró después, cada vez que la guagua frenaba o cogía un bache, casi se cagaba. Mary al verla sudando frío y pálida le preguntó:

—Cuquita, ¿te sientes mal?

Ella le respondió con su característico tono de voz noble y tímido:

—Es que el helado me hizo daño y me estoy haciendo caca.

Se bajaron de la guagua y vieron una cafetería enfrente de la parada.

Mary, que era la más dispuesta fue a pedir permiso para que dejaran a Cuquita ir al baño, pero ella sin dar tiempo le pasó por el lado como un cohete, buscó el baño y entró.

Al menos logró llegar a tiempo, pero cuando acabó, comenzó otro gran problema. En el baño no había papel para limpiarse ni agua para descargar el inodoro.

Mary se había quedado en la puerta de la cafetería esperando a que Cuquita terminara, estaba lo suficientemente lejos como para no escucharla, y Cuquita, que normalmente hablaba muy bajito y ahora nerviosa mucho más. Comenzó a llamar a Mary. (Toda la vida a mi prima le hemos dicho Mary, aunque su nombre es María, pero nadie le dice así). Pues a Cuquita los nervios le dieron por achicarle el nombre y comenzó a clamar por ayuda casi en secreto diciendo:

— Mariíta, Mariíta, ayúdame que aquí no hay papel, Mariíta, Mariíta, ayúdame que aquí no hay agua.

Gracias a Dios la señora de mantenimiento pasó cerca de la puerta del baño y la escuchó.

Le resolvieron un cartucho para usarlo como papel sanitario y le trajeron un cubo de agua para que descargara el inodoro.

Así la pobre Cuquita salió del mal rato que había pasado.

Desde ese día, cada vez que ambas salen juntas, si a Cuquita se le olvida lo que le sucedió y quiere pedir helado de chocolate, mi prima Mary, que es una jodedora, solamente dice:

—Mariíta, Mariíta, ayúdame...
Y enseguida Cuquita pide otra cosa.

Si no llego a desconfiar
me roban el celular

El otro día después de llevar a mi esposa al trabajo, regresé a nuestra casa, porque a mí me tocaba descansar. El parqueo de nuestro edificio está limitado por un muro no muy alto y una cerca peerless que lo divide del parqueo del edificio de al lado, donde vive nuestra hija. Nuestro apartamento tiene asignados dos parqueos que están ubicados como a seis metros del muro divisorio.

Ese día, después de parquear, veo a una muchacha joven y bien vestida junto a la cerca peerless del otro lado, la cual me dijo:

—Papi, préstame tu celular para hacer una llamada, que el mío se me quedó en la casa.

Enseguida me puse alerta, porque yo soy un tipo astuto que tiene mucha maldad de la calle.

Pensé rápidamente:

—Esta jevita joven, diciéndome papi y pidiéndome el celular del otro lado de la cerca, seguro que me quiere joder. Ni que yo fuera comemierda. Si le doy mi celular se monta en su carro y me lo roba. En lo que doy la vuelta se desaparece y no me da tiempo a alcanzarla.

Como solo eran suposiciones mías, le hice seña con mi dedo índice de que iba a dar la vuelta por la entrada del otro parqueo. Sin embargo, mi desconfianza adquirió sentido lógico cuando la muchacha me dijo:

—No, no des la vuelta que pierdo mucho tiempo, alcánzame el celular por la cerca.

Me acerqué como dos metros de los seis que nos separaban y me di cuenta de que era mi hija, la que me estaba pidiendo el celular.

Claro, me dijo papi, porque yo soy su papá, pero de lejos no la conocí porque no veo bien.

Cuando le hice el cuento, riéndome de lo que me había sucedido, ella me dijo muerta de la risa:

—¿No me conociste, ni tampoco reconociste mi voz? Oye, estás del carajo.

Siempre he sido protector de mi esposa, aún desde que éramos novios. Una vez fuimos al cine y al regreso, las guaguas estaban casi imposibles de alcanzar. Tuvimos que correr desde el parque donde estaba supuesto que parara la guagua, hasta el parque anterior, porque allí fue donde paró y la gente iba como piratas al abordaje tratando de lograr montarse. Salimos corriendo y cuando casi estábamos llegando, mi esposa (en aquellos tiempos, mi novia) metió un resbalón del carajo e iba directo para el piso. Como en una coreografía de baile, la levanté con una sola mano tomandola por el brazo, antes que su cabeza tocara el suelo, salvándola de un accidente seguro. ¡Qué maravilla! esa noche me sentí como un héroe. Mi novia llegó contándole a todos cómo la había salvado.

Unos años después de aquel acto heroico, mi esposa y yo íbamos bajando por la escalera del edificio de mis suegros. Ella tiene el pelo largo y muy lindo. Cuando comenzamos a bajar mi esposa se resbaló. Yo, acostumbrado a salvarla del peligro no perdí tiempo en tratar de librarla del accidente, pero en esta ocasión, no tuve tiempo de sujetarla por el brazo y la agarré por el pelo. Como tenía el pelo muy largo de todos modos se metió un culazo contra el escalón, yo tratando de protegerla la volví a halar por el pelo para que no rodara escalera abajo, pero ella al ver que le halaba el pelo me decía:

—Noooo...

Entonces me puse nervioso aflojé el halón de pelo y ella volvía a rodar hacia el próximo escalón y se daba otro culazo. Así se repitió varias veces hasta que sentí la dulce voz de mi esposa decirme:

—Suéltame coño, que me estás dando halones de pelo y me voy a arrancar el culo con la escalera.

¡Qué error! Esa noche me mantuve calladito para que mi esposa no siguiera peleando.

La venganza calculada, llegó pronto enmascarada

Además de mi pequeña casa, (de la cual no voy a hablar en esta ocasión, debido a que la detallé en el libro anterior) teníamos la opción de vivir gran parte del tiempo en la casa materna de mamá, pero la llamábamos: "la casa de tío Ramón", porque, al fallecer mis abuelos, se quedaron viviendo allí tía Juana y Tío Ramón. Como papá era chofer de carretera cuando estaba de viaje nos quedábamos allí.

Era una casa antigua hecha de mampostería y toda enrejada. La primera a la derecha al final de un pasillo estrecho con piso de cemento pulido con algunos baches y al finalizar se convertía en un espacio grande, también de cemento, pero con rayas marcadas como las aceras haciendo cuadros grandes frente a los tres apartamentos que había allí. Un cuadrado de losas rectangulares de color rojo rodeaba un drenaje que quedaba a la izquierda de la salida de la casa de tío. (En ese lugar, yo solía jugar con las hormigas, los mil pies y las cochinillas). Una vez el drenaje se tupió y tío Ramón, aunque estaba peleado con Angelito (el vecino de al lado). Salió con intención de ayudarlo y le dijo:

—¿Quieres que te alcance un cubo con agua?

A lo que Angelito respondió groseramente:

—No sea poca vergüenza viejo'e mierda que nosotros no nos hablamos.

Humbe y Manolito su amigo estaban sentados en la sala y al ver a tío entrar en silencio a la casa, en dirección hacia la cocina, pensaron:

Coño, que penco es tío, le cogió miedo a Angelito.

Unos instantes después, lo vieron regresar con un cubo de metal galvanizado lleno de agua, yendo directamente hacia el caño donde estaba Angelito. Entonces volvieron a pensar:

Pero que poca vergüenza es tío, después que Angelito lo insultó le trajo el agua.

Sin embargo, pronto se dieron cuenta, que se habían equivocado.

Tío había planeado la venganza, se paró frente a Angelito y le vació el cubo lleno de agua en la en la cabeza. Luego apoyó el cubo en el suelo y se quedó parado en posición de combate esperando a que Angelito reaccionara.

Mi hermano y Manolito, ya en alerta, volvieron a pensar:

¡Ahora sí! ¡Se armó la bronca!

Pero Angelito empapado en agua se encogió de hombros, apretó la boca sin decir palabra alguna y se encerró en su casa muy asustado.

Las batallas del pasillo emocionan y dan brillo

Entrando desde la calle por el pasillo hacia la casa de tío Ramón, a mano derecha estaban los tapones eléctricos que controlaban la entrada de corriente de los apartamentos y avanzando a la izquierda quedaba un antiguo taller que había sido una fundición, propiedad de una familia española que también eran dueños de los tres apartamentos y cuando Fidel tomó el poder les robó casi todo, menos la casa del segundo piso y el taller de abajo que ya no funcionaba. En ese espacio Pilar (La Española) criaba pollos.

Siempre recuerdo ese pasillo con mucho cariño. Era en él, donde nos fajábamos con los vecinos del tercer apartamento, porque eran muchos y se ponían a conversar y a comer mierda todo el tiempo en el medio de la salida hacia la calle. Ellos querían que les pidiéramos permiso al salir, pero a nosotros no nos daba la gana de hacerlo, los empujábamos y se armaba la discusión o la *piñacera*.

Probablemente participamos en más batallas que el Imperio Romano.

Allá viene el delegado, por el cual no hemos votado

En Cuba, un delegado del llamado "Poder Popular" viene siendo algo así como un alcalde, pero como todo el poder está centralizado en el gobierno, los delegados son casi un cero a la izquierda y muy poco pueden resolverle a la comunidad.

Resulta que a uno de nuestros vecinos llamado Prudencio, le dio por postularse como delegado.

Imagínense, el tipo era de la misma familia con la que nos fajábamos en el pasillo. En honor a la verdad, él no se metía en esos problemas. Era más tranquilo que el resto de su familia e incluso seguía saludándonos, aunque estuviéramos peleados con los otros.

Las broncas de ellos y nosotros eran frecuentes, pero a los pocos días nos reconciliábamos e incluso, cuando ellos celebraban algún cumpleaños, siempre nos traían un pedazo de cake. Yo siempre estaba loco por comerme cualquier dulce que trajeran, pero mamá no me dejaba, porque decía que los dulces tenían brujería. En cuanto los vecinos se iban, mamá botaba el dulce en la basura. Una vez no pude resistir la tentación, vigilé a mamá, y metiendo la mano en la basura, recogí un pedazo de dulce y me lo comí. ¡Era de chocolate! Estaba de lo más rico y parece que no tenía brujería, porque no me pasó nada.

Bueno, volviendo a lo de Prudencio. (El candidato a delegado)

Cuando tía Juana se cruzaba con él, en el pasillo o en la calle, ella, uniendo sus manos en alto, como suelen hacer desde el podio en señal de júbilo, los campeones recién premiados. Le decía:

—Bravo, bravo. Ahí viene nuestro futuro delegado.

Él sonreía y la saludaba. Yo era un niño y al ver a tía tan feliz, le preguntaba:

—Tía, ¿tú vas a votar por Prudencio?

Tía Juana me miraba y esperaba responderme cuando Prudencio estuviera lo suficientemente lejos de ella como para no escucharla. Entonces me respondía en voz baja:

—No comas mierda, no voy a votar por ningún hijo'-eputa de estos. Que se jodan todos.

Al final Prudencio no salió ganador en las elecciones, pero siguió pensando que tía Juana había votado por él.

La descripción de la sala
a memoria no está mala

Al final del pasillo a mano derecha estaba la puerta de entrada a la casa. Era de color marrón, con un quicio alto para entrar. Además de su cerradura marca Yale, tenía un candado pequeño marca Globe en la parte de arriba. Era una sala pequeña y rectangular, en general un pasillo largo comunicaba toda la casa, desde la sala hasta la cocina. Los cuartos no tenían puertas ni divisiones. En la sala había dos ventanas grandes, una a cada lado que comenzaban como a la altura del ombligo de una persona de estatura mediana. También una ventana pequeña y cuadrada ubicada en la parte alta en el medio de la pared de la derecha. Todas las ventanas de la casa eran de color amarillo (Ocre claro). Las grandes eran de dos hojas, cada hoja tenía una hilera de pequeñas persianas fijas y un marco de cristal con un pestillo pequeño que cerraba en semicírculo de izquierda a derecha para cubrir las persianas. Los cristales tenían pegados en forma de equis unos papeles precinta color cartucho (algunos con unas letras rojas). Estaban ahí como protección hacía años, desde una vez que pasó un ciclón.

En el techo había un descorchado gigante más o menos en forma de estuche de guitarra, donde se veían algunas cabillas explotadas entre el concreto. Una lámpara de luz fría con base de madera separada del techo por un tramo de tubería eléctrica con un tubo de los largos (de cuarenta watts) alumbraba la sala y el transformador hacía un ruido constante mientras estaba encendida la luz. Los muebles eran negros, de caoba con rejillas en los espaldares y en las sentaderas. Había un sofá, dos sillones y dos butacas, pero a casi todos se les había roto la rejilla en la parte de sentarse, algunos también en el espaldar y las habían sustituido por pedazos de *playwood*.

Vigilen a tío Ramón
para sacar el sillón

Una vez, Humbe estaba sentado en uno de los sillones y yo salté encima de él, por la parte de atrás, abracándolo por el cuello. Él trató de soltarse y en el forcejeo se le desbarató una pata al sillón y al caer se desarmó por piezas.

Nos asustamos, porque tío era un poco protestón. Llamamos con cautela a mamá para contarle que el sillón estaba desbaratado en el suelo y le pedimos que nos ayudara a salir del problema. Mamá fue a buscar a tía Juana que estaba por el patio tendiendo la ropa y con mucho misterio le contó todo, para que tío Ramón, que estaba en la cocina no se enterara. Las dos fueron para la sala y desde allí podíamos ver a tío caminando cerca de la mesa, salía al patio y volvía a entrar. (Y nosotros rezando para que no se le ocurriera ir para la sala). Finalmente, pudimos sacar el sillón entre todos. Como no teníamos dinero para buscar una buena carpintería, se lo llevamos al señor de la esquina que era tremendo chapucero trabajando. Nos cobró diez pesos y lo tuvo varios días en su carpintería. Mientras que el sillón estuvo afuera, tío nunca dijo nada, parece que se hizo el desenterado para no pagar el arreglo. Esos muebles tenían las patas torneadas haciendo una curva hasta llegar al balancín y el carpintero le sustituyó la pata rota por un pedazo recto y redondeado de madera de pino blanco pintado de negro.

Para traer el sillón de regreso, esperamos a que tío estuviera para el trabajo y lo pusimos en su lugar como si no hubiera sucedido nada.

Todos estábamos a la expectativa esperando a que llegara tío para ver si no se daba cuenta. Pero, que va, en cuanto entró, vio el sillón con la chapucería y muy enojado dijo:

—¿Y esto que coño es? Parece un pirata con una pata'e palo.

Al final, él tuvo que llevarlo a otra carpintería, donde lo repararon bien.

El piso de la sala era de color vino con betas blancas y la pared era de color verde claro un poco descolorida. Pegada a la ventana que daba a un pasillo exterior que dividía la casa con otro pasillo similar de la casa de al lado, estaba la pecera de Humbe. Era de tamaño mediano con el marco de hierro pintado de azul claro y pegado con chapapote en la parte de los salideros. Estaba apoyada encima de un cajón vacío de viandas de la bodega, puesto en forma vertical. Ahí Humbe criaba Guppies y Colisables. Una vez se fajó conmigo, porque cacé una lagartija y la puse a flotar en su pecera, usando a modo de barco la parte de voltear de color amarillo de un camioncito roto. Puse encima la lagartija para que no se ahogara. Mamá tuvo que intervenir, porque Humbe me lleva casi ocho años y por poco paro dentro de la pecera junto con la lagartija.

Mi hermano y yo bombardeábamos la pared de la casa de al lado con bolitas hechas de papel sanitario empapado en agua, que, al chocar con la pared, se quedaban pegadas y luego se ponían duras. Ese era nuestro tiro al blanco.

Al lado izquierdo de la pecera había una mesa larga, alta y estrecha (igual de caoba) como para poner adornos. (Años después cuando mi familia pudo comprar un televisor de marca Caribe, lo pusieron encima de esa mesa). En el entrepaño de abajo estaban los libros de tía Juana, entre ellos recuerdo: Las obras completas de José Martí (En unos tomos de tamaño pequeño), *El señor de los elefantes, Colmillo blanco* y *Las nieves del Kilimanjaro*. Debajo de la mesa había dos tibores blancos esmaltados que tenían el borde azul y adentro mi hermano criaba peces Molineses negros. Encima, había colgado un cuadro grande de San Lázaro, ya descolorido y rodeado de unas guirnaldas a las que casi ningún bombillo le prendía y permanecían desenchufados de la corriente.

La pared del lado izquierdo tenía una butaca y debajo de ella Humbe puso un tanque plástico de cincuenta y cinco galones de color gris claro (casi blanco) cortado por la mitad donde criaba Guramis. Le seguía la máquina de coser marca Singer de tía Juana con su mueble de madera de color caramelo, (me gustaba meterme debajo de la máquina de coser a jugar como si la rueda fuera el timón de un barco). Luego quedaba la otra butaca. En la pared colgaba un cuadro pequeño con la foto de los quince de mi prima Doris (que se había ido para Miami), dos cuadros de un señor español amigo de la familia ya fallecido llamado Aquilino y con el cual tía Juana tuvo un amor platónico, un cuadro pequeño de mi prima Doris vestida de batutera y bien alto había un cuadro grande y rectangular de Cristo en el huerto. Distribuidos por la sala había varios pomos con peces peleadores y algún colisable de vez en cuando.

La puerta de la calle era grande, tenía una rajadura y comején en la parte de abajo. Un hierro con un gancho en la punta a modo de tranca servía de refuerzo desde adentro. En la pared de la derecha, había un esquinero pequeño de hierro con una muñequita de porcelana encima a la cual le llamaban Pepona, debajo estaba una mesita de noche de caoba que era del juego del segundo cuarto. Adentro tenía muchas revistas de selecciones *Reader's digest* y algunas de *Mecánica popular*. Encima había un radio roto muy grande y antiguo, color caramelo claro y encima de él estaba un cuadro con un grabado antiguo (tal vez de Venecia, hecho a plumilla de un color verdoso, que tenía un marco de yeso color bronce y le faltaba una lasca en el medio en la parte de abajo. En la pared, encima del sofá había otro cuadro más pequeño de los quince de mi prima Lola (que también se había ido para Miami) con una foto de ella sentada en ese mismo sofá y un cuadro mediano color bronce cuyo marco hacía como un lazo y tenía una pintura descolorida de varias mujeres conversando en una mesa vestidas al estilo Luis XV.

Detrás del sofá había una bicicleta rota marca Windsor, roja y blanca que era de tío Ramón. Le seguía un escaparate de cedro, de color blanco hueso con dibujos labrados en la madera alrededor con sus tres puertas, que pertenecía al juego del primer cuarto. Encima tenía un cuadro de ocho por diez pulgadas, con una foto de cuando tío Ramón era joven, un jarrón de cristal transparente labrado, un centro de mesa de cristal transparente y probablemente alguna que otra mierda la cual no recuerdo.

Al terminar el escaparate había un pedazo grande de *playwood* gris entre el mueble y la pared pegado a la ventana exterior. Bien alto había un cuadro grande del Sagrado Corazón de Jesús. En el medio de la sala, estaban puestos los dos sillones, uno a cada lado.

DORMIDO ME LEVANTÉ
Y UN PROBLEMA ME BUSQUÉ

Entrando desde la sala hacia el primer cuarto había un cable eléctrico para alimentar un bombillo con un *socket* que estaba clavado en el marco de madera, pero sin puerta. Había una lámpara pequeña de madera que era de veinte *watts* que no encendía, quedaba en medio del techo de puntal alto separada un tramo por una tubería eléctrica. Los muebles de ese cuarto eran de cedro, labrados de color blanco hueso. A la izquierda había una mesita de noche pequeña con dos espejos carentes de azogue que eran parte de ella. Detrás tenía una lanzadera de mosquitero que fue de mi cuna y la usábamos como percha para colgar la ropa, porque los escaparates estaban llenos con las cosas de tío Ramón y de mis abuelos ya fallecidos desde antes de yo nacer. Le seguía una cómoda que no tenía puesto el espejo y estaba guardado detrás de ella recostado a la pared. Al final de esta quedaba la otra mesita de noche y la tabla de planchar de mamá recostada a la pared.

A la derecha del cuarto estaba una colombina (cama plegable) donde dormía tía Juana y donde se sentaba a hacerme cuentos o a contarnos a todos los sucesos de su día. Esa misma pared mi hermano la llenó de muchos recortes de revistas antiguas con artistas famosas.

En el medio del cuarto estaba la cama camera bien pegada al piso con una cabecera enguatada haciendo rombos con unos botones en la tela de satín dorado rosa. Tenía un bastidor de alambres sin colchón, el cual mamá tendía con dos colchas para que no se nos marcara en la espalda. Ahí dormíamos, mamá, mi hermano y yo cuando papá estaba de viaje. Como dos veces me desperté sonámbulo di tres vueltas encima de la cama como si fuera al baño y meé en la espalda a Humbe que estaba durmiendo al lado mío. Se armó tremendo problema, porque él me quería meter un pescozón, pero mamá intervino y calmó la situación.

El piso del cuarto era de color amarillo con betas blancas y la pared verde claro descolorida, conservaba aún unos grandes dibujos a crayola que Humbe había hecho cuando era más pequeño. Colgado en la pared como a veinte centímetros del marco de la entrada hacia el segundo cuarto había un cuadro pequeño y descolorido de una Santa Bárbara de medio cuerpo.

Sobre el baño no presumo, porque si juego me entumo

Entrando al segundo cuarto a mano derecha quedaba el baño. La puerta era amarilla ocre claro y el piso verde con un dibujo a cuadros haciendo unas rayas de color beige sobre el verde de la losa hasta formar un cuadro negro en el centro. La pared era de color crema claro. La ducha no funcionaba, porque la presión del agua no llegaba arriba. Había una lata de cinco galones con agua puesta en la poceta al lado izquierdo del inodoro. También estaba el tubo para colgar la cortina de baño, pero no había cortina. Ahí a veces se colgaban los racimos de plátanos con una soga fina o cordel, para que se maduraran. Encima del tanque del baño detrás del inodoro, había un viejo botiquín con medicinas antiguas, entre ellas una lata que tenía a un pescador con un bacalao a cuestas.

El lavamanos era antiguo, quedaba en la pared de enfrente al inodoro, pero hacia la derecha, con un pequeño espejo de azogue manchado y encima colgando en la pared había un bombillo incandescente con una extensión para iluminar el baño porque la lámpara original, tampoco funcionaba.

Como yo era pequeño, cuando iba a cagar se me entumían las piernas porque no me llegaban los pies al suelo al sentarme en el inodoro y me demoraba mucho en salir, pues, aunque mamá no me dejaba jugar con agua para que no me enfermara de la garganta, de todos modos, yo llevaba escondido de ella unos muñequitos de pasta que tenía de Roy Roger y El Zorro y me quedaba mucho rato jugando con ellos en la lata de agua. Hasta que mamá me apuraba para que saliera del baño gritándome:

—Leooo… ¿Te fuiste por la taza?

Como yo todavía no sabía limpiarme el culo, ella debía de estar pendiente a mi llamado, lanzando el grito de:

—Ya acabeee…

RECUERDO EL SEGUNDO CUARTO
Y EL ENTORNO ERA DE INFARTO

Los muebles del segundo cuarto eran de caoba. En el lado izquierdo de la entrada había una coqueta que tenía un espejo amplio, detrás estaban guardadas unas finas láminas de cedro y delante una banqueta tapizada con una tela a rayas de color azul claro. Al lateral derecho de la banqueta recostado entre la cómoda y el escaparate había un paraguas negro que había sido de mi abuela. Ahí mismo en el suelo había una bigornia de tío Ramón. El escaparate tenía espejos por dentro de las tres puertas y por fuera en la puerta del medio. Encima tenía unos rollos de papel de los que tío se robaba del trabajo y unos platos hondos que eran de tía Juana llenos de merengue con la lista de sus enemigos.

Le seguía el *chifforobe* de tía Juana. Recuerdo que adentro había ropas de ella, un elefantico pequeño de marfil, unos muñequitos africanos que eran de pasta color chocolate y el machete de guerra que había sido de mi bisabuelo.

Todo eso llenaba la pared izquierda del cuarto. El piso era rosado con betas blancas. A mano derecha quedaba la cama de mis abuelos que ya era la de tío Ramón, y en la pared de la cabecera de la cama había una ventana como las de la sala, pero en los cuartos quedaban más altas. En el medio del techo había una lámpara de luz fría similar a la del primer cuarto. Al lado derecho de la cama, pegadas a la esquina estaban algunas sillas rotas del juego de comedor y encima de una de ellas había un televisor de bombillos que estaba roto hacía años, pero no lo mandaban a arreglar, porque decían que el técnico le podía robar las piezas. Del lado izquierdo de la cama estaba la mesita pequeña, pero alta, y encima un radio antiguo de color negro de tamaño mediano, en el cual tío Ramón escuchaba a Barbarito Diez y a José Tejedor en un programa llamado "Tejedor en la tarde". Al lado habían almacenados muchos cartuchos nuevos. Junto a la pared estaba la mesita de noche de ese juego de cuarto y al final de la cama, pero sin interrumpir el pasillo había un sillón de mimbre amarillo que estaba roto y sin balancines (No lo botaban, porque había sido de mi abuelo), pero permanecía con ropas puestas encima (Al principio eran dos sillones, pero botaron uno).

Yo tenía un miedo del carajo al pasar por ese cuarto. Cruzaba desde el primer cuarto hacia la cocina bien rápido, porque pensaba sobre mis abuelos: *Tú verás que en cualquier momento me va a salir uno de estos dos, o abuelo sentado en el sillón, o abuela acostada en la cama.*

La pared del lado izquierdo antes de pasar a la cocina tenía un cuadro pequeño con una foto, donde estaban, mamá, tía Juana, tía Asunción, tío Reinier y las primas Doris y Lola cuando eran niñas y una foto medio rota de mi abuela. En ambos lados de la pared había escritos a lápiz, hechos por tío Ramón con números de teléfonos, direcciones y recordatorios de citas.

TENEMOS EN LA COCINA,
TIZNE COMIDA Y VITRINA

Al entrar a la cocina a mano izquierda había una vitrina que al igual que el juego de comedor era de caoba. Adentro, entre otras cosas tenía copas labradas de color rosado de cristalería fina, dos cisnes plásticos pequeños (uno azul claro y uno blanco), una sillita de adorno en miniatura hecha de alambre blanco y tapizada en terciopelo rojo y dos botellitas de Coca Cola en miniatura con el líquido adentro. Encima había un monito de goma que tocaba un tambor cuando le echaban aire con un atomizador, pero ya estaba roto. Al lado quedaba haciendo esquina, la mesa del comedor, con un mantel de *nylon*. Era de esas mesas que se agrandan, con patas torneadas y una cruceta debajo. Llevaba seis sillas, pero al estar junto a la pared solo podían usarse las dos que quedaban hacia la parte de afuera.

Encima colgaba un cuadro de naturaleza muerta, sin cristal y el tizne de la cocina de luz brillante tenía "bien muerta la naturaleza", porque casi no se veían las frutas del cuadro.

A mano derecha de la cocina había un aparador con las cabezas de unos guerreros con casco labradas sobre la madera. Debajo estaban guardados unos cristales que fueron de una quincalla que tuvo tío Ramón y quebró. Encima, en la pared colgaba un cuadro de unos patos de la Florida en pleno vuelo, con el cristal roto y también ennegrecido por el tizne. Delante de ese aparador teníamos unos cajones de bodega con pollos adentro, a los que sacábamos por el día y los guardábamos por la noche para que no se los robaran. Haciendo esquina, había una mesa de madera rústica y encima la cocina de luz brillante, de una hornilla, esmaltada, de color azul claro con pequeños puntos blancos y al lado derecho un colador de café de tela con la estructura de alambre y metal. Encima en la pared había una ventana pequeña, parecida a la de la sala, pero con el cristal roto.

El techo de la cocina era el único en la casa que no tenía el puntal alto. Tuvo una chimenea, pero estaba sellada.

Una lámpara de madera en el medio del techo y pegada a él, con un tubo de veinte *watts* la alumbraba.

A la izquierda de la hornilla, estaba el fregadero. Un tramo de esa pared tenía azulejos blancos de tamaño mediano y la meseta también, pero ya estaban casi todos rotos.

En la pared que quedaba del lado del patio, antes de llegar al marco de madera de la puerta del fondo de la casa, ambos de color amarillo, había otra mesa más estrecha y rectangular, debajo se guardaba la luz brillante y el alcohol para cocinar y encima las cazuelas. El color original de la cocina no lo recuerdo, porque estaba tiznada, solo recuerdo el olor, entre la sazón de ajo, cebolla, frijoles negros y a veces pescado. El humo al apagar la cocina de luz brillante daba mucha ardentía en los ojos. El piso era idéntico al del baño, pero de color vino. Recuerdo a tía Juana moliendo la carne o el maíz, para hacer tamales. Yo tenía como seis años y la ayudaba a moler. Le cobraba por el trabajo el derecho a comerme los pellejos de la carne salcochada que quedaban dentro de la máquina cuando la desarmaba para limpiarla y además me tenía que regalar los gusanitos que venían dentro de las mazorcas de maíz, para guardarlos en un pomo hasta que se volvieran capullos y luego mariposas. También recuerdo a tía Juana, preparando la sazón del almuerzo o dándole trancazos con un palo de escoba o con la maseta de madera de la cocina a la pared que limitaba con el apartamento de al lado, cuando los vecinos hacían mucho ruido.

La salida del fondo hacia el patio, además de la puerta color ocre, tenía una reja muy fuerte con un pestillo largo y un candado marca Globe.

YA CASI POR TERMINAR, EL PATIO VAS A ENCONTRAR

El patio era de piso de cemento y lo rodeaba un muro alto, como a la altura del cuello de un adulto de estatura media. Recostado al muro final, había un bastidor de alambre roto y oxidado y los hierros de una colombina vieja. A la izquierda del muro había una apertura de salida a un tras-patio que era de piso de tierra, sin divisiones donde supuestamente cada pedazo pertenecía a cada apartamento. En el muro de la izquierda, que limita con los vecinos, había tres cubos viejos de zinc galvanizado con plantas de Lengua De Vaca sembradas. Las puntas de las plantas estaban cubiertas por cáscaras de huevo. Nunca supimos si eran brujerías de tío Ramón. Había también cubos con las plantas llamadas Corona de Cristo. A mano derecha estaba un caño con una pila antigua a una altura bien baja, donde la presión de agua llegaba un poco mejor, pero de todos modos mamá y tía Juana tenían que levantarse a las cuatro de la mañana a recolectar el agua que solamente entraba un día sí y un día no. Seguidamente al lado del caño, pero altos quedaban dos fregaderos de cemento, debajo de ellos estaba una pecera vieja todavía con agua, un galón plástico cortado por la mitad color terracota y otro azul claro. El muro de la derecha estaba en pie, pero rajado y era un poco más bajo que los otros muros, limitando con el estrecho pasillo exterior de la casa. En cada uno de los lados, había un angular de hierro oxidado, en forma de té, con unos alambres y sogas que atravesaban el patio, para colgar la ropa y secarla al sol.

Desde el patio se veía parte de mi escuela primaria. (Del carajo, salir de la escuela y tener que seguir viéndola desde tu casa).

Cuando tío Ramón ya era medio viejo, caminaba despacio y a veces se quejaba de algún dolor de huesos. Yo, en mi mente infantil lo imaginaba como un cocodrilo o un caimán, porque los cocodrilos y los caimanes también lucen lentos al caminar. Pues resulta que así viejo y todo, tenía muy en secreto su vida privada. Chicho era un vecino que trabajaba de sereno (custodio nocturno de algún establecimiento civil). Él vivía como a seis casas de tío y la mujer le pegaba los tarros con tío Ramón.

Funcionaba de esta manera: Chicho salía para el trabajo, tío iba para casa de Chicho y se pasaba la noche con la mujer del tarrú.

Un día Chicho se sintió mal y regresó a su casa de madrugada. Al escuchar su llegada, tío se escapó sin que lo viera saltando por los tejados en plena madrugada.

Al otro día unos vecinos mucho más jóvenes, que esa madrugada estaban robando en la bodega de la esquina, (a la que todos llamaban "La bodega de García" porque antes que el gobierno se la robara, el dueño era un gallego de apellido García). Entonces los vecinos le dijeron a mi hermano:

—Oye Humbe, qué clase de susto nos dimos anoche. Estábamos robando en la bodega de García, entramos por el techo hacia la ventana de atrás. Sacamos los sacos con las cosas del mismo modo y cuando veníamos cruzando por las azoteas de pronto nos encontramos de frente con Ramón que venía como una flecha en vuelta de casa de Chicho, saltando por los tejados más rápido que Bruce Lee. Seguimos corriendo él por su lado y nosotros por el nuestro. Nunca hubiéramos pensado que tiene tanta rapidez, parece lento, pero tiene más energía que nosotros.

La respuesta inesperada provocó la carcajada

Pasaron los años. Humbe y yo crecimos. La familia fue envejeciendo y tío Ramón entre ellos. Un día enfermó y tuvimos que ingresarlo en un hospital.

En Cuba, en aquella época, (no sé ahora después de las restricciones por el COVID 19) cuando alguno de la familia ingresaba, los otros se colaban en el hospital. Si lo estaban operando, había cuatro o cinco permanentemente en el salón de espera. Si estaba en un cuarto del hospital, a cada rato se colaba alguno de la familia además del acompañante, aunque no fuera el horario de visita y las enfermeras los tenían que botar. Algunos se colaban con café, pastelitos o empanadas para suavizar a las enfermeras y quedarse un rato con el enfermo. A la hora de la visita, el cuarto se llenaba de familiares y amigos.

Cuando tío Ramón estaba ingresado, había una enfermera que era muy agradable. Jaraneaba con los enfermos y con los familiares. Los hacía sentir, como si ella fuera parte de la familia. Era una muchacha muy bonita con un cuerpazo tremendo. Su nombre era Gladys. De vez en cuando bailaba con un talento que no tenía nada que envidiarle a la mejor rumbera. Hicimos una gran amistad con ella y le encantaba meterse con tío Ramón, porque él era un viejito pícaro.

Un día estando todos en la visita, Gladys comenzó a bailar remeneándose con el talento que la caracterizaba. Mientras bailaba, se puso de espaldas cerca del sillón donde tío estaba sentado y le dijo:

—Papiii, ¿si tú te hubieras tropezado en tu juventud con alguien que se meneara, así como yo?

A tío, que al menos le quedaba el casco y la mala idea. Le respondió con una mirada y una sonrisa pícara.

—Mamita, si en mi juventud me hubiese tropezado con alguien que se meneara como tú. Se me hubiera salido pa'fuera el mocho.

Aquella tarde, la sala entera se murió de la risa con la respuesta de tío Ramón.

Conclusión

Hemos llegado al final de este libro. Espero que hayan pasado un tiempo agradable mientras disfrutaban de la lectura. Tal vez hasta se sientan identificados con algunas de las historias. Los imagino sonriendo de vez en cuando y caminando conmigo por la casa de tío Ramón. Eso me causa mucho placer.

Yo… Bueno, yo solamente he estado intentando ser un doctor que se esfuerza por resucitar aquellos recuerdos que se van apagando con el tiempo. Le he estado brindando al pasado los primeros auxilios, usando como herramientas, mi memoria, mi *laptop* y mi celular.

A todos ustedes, les deseo muchísimas bendiciones y los invito a integrarse a mi equipo de resurrección. Apréndanse los cuentos y compártanlos con todas las personas que puedan. Si alguno les pregunta si estas historias son ciertas o falsas, no le digan, que sí, ni que no. Solo respondan:

—Yo no sé, a mí me lo contó… *Leonardo el de Josefa.*

A la memoria de José Ramón
Santiago Hueso Gómez (Pepito)

Índice

A modo de prólogo// 7
Introducción// 9

Al fuego de la pasión, presente ha dicho el colchón// 11
Crecí tanto de un tirón, que era corto el pantalón// 14
Tía Juana de regreso, llevaba un pollito preso// 16
Por chismoso y por mirón, me echó fresco un pescozón// 19
Si tu tristeza es muy amarga, mejor ponle la recarga// 21
Si lo llego a imaginar, no me atrevo a comentar// 24
La rastra ya está parqueada y mi tía está enojada// 26
Por hablar lo que no debe, a bañarse y que no juegue// 28
Por celar tanto a su hombre, el barrio le cambió el nombre// 31
Como no se espabilaba tía Juana lo salvaba// 34
Si no comprendes mi inglés, puedo hablarte en japonés// 36
Cuidado con la mirada o la foto sale errada// 39
La gorra quiso pedir, más no lo supo decir// 41
Si tu conducta se altera, evita la borrachera// 44
Desde pequeño cazaba y de adulto continuaba// 47
Si voy al cine me alegro, aunque se pegue mi suegro// 50
Me cuidaba tía Asunción, de un tirón a otro tirón// 52
Hubiese sido mejor no cometer el error// 55
Por el amor al helado, el viaje se ha complicado// 57
Si no llego a desconfiar me roban el celular// 60
Como escolta y protector, seguro soy el mejor// 62
La venganza calculada, llegó pronto enmascarada// 65
Las batallas del pasillo emocionan y dan brillo// 67
Allá viene el delegado, por el cual no hemos votado// 68

La descripción de la sala a memoria no está mala// 70
Vigilen a tío Ramón para sacar el sillón// 72
La sala de tío era, el lugar de la pecera// 74
Aquí describo sin cuento, pero me quedo contento// 76
  Dormido me levanté y un problema me busqué// 77
  Sobre el baño no presumo,
  porque si juego me entumo// 79
  Recuerdo el segundo cuarto
  y el entorno era de infarto// 80
  Tenemos en la cocina, tizne comida y vitrina// 82
  Ya casi por terminar, el patio vas a encontrar// 84

La familia no es lo mismo, sin un campeón de atletismo// 86
La respuesta inesperada provocó la carcajada// 88

 Conclusión// 90

www.ingramcontent.com/pod-product-compliance
Lightning Source LLC
Chambersburg PA
CBHW061329120726
48001CB00002B/767